Conception graphique et illustrations : Zapp

338, rue Saint-Antoine Est
Montréal Canada H2Y 1A3
Tél. (514) 954-1441
Fax (514) 954-5086

Pour l'Europe, importé par :
Tormont Europe Limited
101 Furry Park Road
Dublin 5 Ireland

ISBN 2-89429-851-X

Imprimé en Chine

La Belle au Bois Dormant

T.D.S/litteral

Il était une fois un roi et une reine qui désiraient avoir un enfant. Un jour, tandis que la reine se coiffait, une grenouille sauta sur le rebord de la fenêtre.

– Vous aurez bientôt un enfant, coassa-t-elle.

Quelques mois plus tard, au moment où le soleil se levait au-dessus des montagnes, une petite fille naquit.

Le roi et la reine étaient transportés de joie.

– Notre fille est aussi belle que la rosée du matin! dit le roi, tout ému. Nous l'appelerons Aurore puisqu'elle est née à l'aube.

– Donnons une grande fête pour célébrer sa naissance, suggéra la reine. Nous y inviterons tous les nobles du royaume, sans oublier les bonnes fées, bien entendu.

Les messagers du roi livrèrent des invitations aux quatre coins du royaume.

Le grand jour arriva enfin. Les douze fées du royaume arrivèrent dans un tourbillon, bien avant les autres.

– Les fées sont toutes venues, s'écria la reine avec joie.

Seule la treizième fée n'avait pas été invitée. On l'avait oubliée.

Dans la grande salle, une table somptueuse avait été dressée. La petite Aurore reposait dans un superbe berceau placé au milieu de la pièce.

Lorsque la fête fut presque terminée, les fées volèrent l'une après l'autre au-dessus du berceau de l'enfant, et lui offrirent leurs cadeaux.

– Qu'elle soit douée d'intelligence, dit l'une d'elles.

– Qu'elle connaisse le grand amour, ajouta la suivante.

Et au moment où la onzième fée s'éloignait du berceau, un grand vent s'éleva. Toutes les chandelles s'éteignirent. Soudain, des éclairs illuminèrent la salle. Entourée d'une fumée noire, une vilaine personne apparut au-dessus du berceau. C'était la treizième fée !

– Alors, on n'a pas voulu m'inviter ? caqueta-t-elle. J'ai pourtant un cadeau pour l'enfant, moi aussi ! Le jour de son seizième anniversaire, elle se piquera le doigt avec la pointe d'un fuseau et elle mourra !

Et dans un terrible éclat de rire, la méchante fée disparut. Le roi et la reine tombèrent à genoux devant le berceau.

– Quel malheur ! sanglota la reine.

La douzième fée s'approcha du berceau.

– Je n'ai encore rien offert à l'enfant, dit-elle gentiment. La treizième fée est très puissante. Je ne peux pas briser le sort qu'elle vient de jeter, mais je peux l'adoucir.

Elle agita sa baguette magique et dit d'une voix forte pour que tous puissent l'entendre :

– Lorsque la princesse se piquera le doigt, elle ne mourra pas, mais elle sombrera dans un profond sommeil qui durera cent ans. Seul le tendre baiser d'un véritable amoureux pourra la réveiller.

Le roi était soulagé, mais il ne voulait prendre aucun risque. Il ordonna donc que tous les rouets et les fuseaux du royaume soient immédiatement brûlés.

La princesse grandit et devint une très belle jeune femme. Le jour de son seizième anniversaire, une grande agitation régnait au château, car on lui préparait une fête.

– Va, Aurore, dit la reine à sa fille. Nous t'appelerons quand tout sera prêt.

Aurore décida de visiter une des tours du château. Elle monta un long escalier, et arriva devant une lourde porte.

La princesse tourna la clé et ouvrit la porte. Dans un coin de la pièce, sur un tas de laine, tout près d'un matelas, une vieille dame était assise à côté d'un objet étrange.

– Bonjour, dit timidement la princesse. Que faites-vous ?

– Je file la laine, ma chérie, répondit la vieille dame. C'est un rouet et voici un fuseau.

Tout en parlant, elle tournait le fil autour de ses doigts et l'enroulait sur le fuseau.

– Aimerais-tu essayer ? demanda-t-elle.

– Oh, oui ! s'écria Aurore tout excitée.

La vieille dame sourit et lui tendit le fuseau, la pointe en premier. Un éclair se produisit et un rire mauvais se fit entendre, tandis que la princesse se piquait le doigt et s'affaissait.

La douzième fée, qui n'était pas loin, sut aussitôt que la malédiction de la méchante fée s'était réalisée.

Elle s'empressa de voler jusqu'au château et, d'un geste de la main, jeta un sort sur tout ce qui bougeait.

Aussitôt, les gens et les animaux du château sombrèrent eux aussi dans un profond sommeil. L'horloge arrêta même son tic-tac.

À l'extérieur, des massifs d'arbustes épineux entourèrent le château. Ils s'étoffèrent rapidement si bien qu'en peu de temps, ils en cachèrent même les plus hautes tours.

Les années passèrent et le château fut oublié. Seuls les anciens racontaient parfois l'histoire de la Belle au bois dormant qui attendait le baiser d'un prince charmant.

De temps à autre, un jeune homme s'aventurait au château pour tenter de sortir la mystérieuse princesse de son profond sommeil. Tous essayaient de se frayer un passage parmi les arbustes, mais les épines blessaient les chevaux, et les branches semblaient vouloir s'emparer des cavaliers.

Cent ans plus tard, une forêt de ronces entourait le château.

Un jour, un jeune prince s'arrêta dans un village voisin.

– As-tu déjà connu le grand amour, mon fils ? Lui demanda un vieil homme.

– Non, répondit le prince, mais j'espère le connaître un jour.

– Tu es l'homme qu'il faut pour réveiller notre jolie princesse ! s'écria le vieillard et il se mit à raconter au jeune prince l'histoire de la Belle au bois dormant.

Le prince enfourcha aussitôt son cheval et partit au galop vers le château. C'était le jour de l'anniversaire de la princesse. Lorsque le prince arriva devant la forêt de ronces, les branches se ramollirent telle une mer d'algues, et son cheval put passer sans difficulté.

En arrivant au château, le prince fut surpris de trouver les animaux endormis. «Comme c'est étrange, se dit-il. Ce château doit vraiment être enchanté.»

Dans la grande salle, le roi, la reine, les courtisans, les serviteurs et les servantes étaient assoupis et n'avaient pas bougé depuis cent ans. Le prince passa d'une pièce à l'autre jusqu'à ce qu'il arrive en haut de la tour.

Là, sur un petit matelas, reposait la princesse. Le prince s'agenouilla auprès d'elle. Aussitôt, un sentiment nouveau anima son cœur. «J'ai enfin trouvé le grand amour», se dit-il. Et avec douceur, il déposa un tendre baiser sur la main de la jeune fille.

Aussitôt, la princesse ouvrit les yeux. Dès qu'elle vit le prince, un sourire illumina son visage.

La vie reprit au château. Un chat bondit sur ses pattes et se mit à poursuivre une souris. À l'entrée, les gardes se frottèrent les yeux. Les chiens se mirent à aboyer et les serviteurs et les servantes, à courir de tous côtés, comme ils le faisaient cent ans auparavant pour préparer l'anniversaire de la princesse.

– Comme tout est poussiéreux ! s'exclama la reine.

– Peu importe, ma chérie, répondit le roi en bâillant et en s'étirant. Occupons-nous de nos invités !

– Où est Aurore ! s'écria la reine. Juste à ce moment, la jeune fille arriva dans les bras d'un bel étranger.

La reine se précipita vers elle. Elle remarqua alors la cicatrice laissée par le fuseau.

– Vous avez rompu le sort jeté par la méchante fée ! dit le roi au prince.

Le prince et la princesse se marièrent et vécurent un grand amour jusqu'à la fin de leurs jours.